昆明求雨和别处大不一样，都是利用孩子求雨。大概大人们以为天也会疼惜孩子，会因孩子的哀求而心软。

小、小儿童哭哀哀，

撒下秧苗不得栽。

巴望老天下大雨，

乌风暴雨一起来。

求雨

文 / 汪曾祺　　图 / 岑 龙

明天出版社

昆明栽秧时节通常是不缺雨的。雨季已经来了，三天两头地下着。停停，下下；下下，停停。空气是潮湿的，洗的衣服当天干不了。草长得很旺盛。各种菌子都出来了，青头菌、牛干菌、鸡油菌……稻田里的泥土被雨水浸得透透的，每块田都显得很膏腴，很细腻。积蓄着的薄薄的水面上停留着云影。人们戴着斗笠，把新拔下的秧苗插进稀软的泥里……但是，偶尔也有那样的年月——

　　雨季来晚了，缺水，栽不下秧。今年就是这样。因为通常不缺雨水，这里的农民都不预备龙骨水车。他们用一个戽斗，扯动着两边的绳子，从小河里把浑浊的泥浆一点一点地浇进育苗的秧田里。但是这一点点水，只能保住秧苗不枯死，不能靠它插秧。秧苗已经长得过长了，再不插就不行了。然而稻田里却是干干的。整得平平的田面，晒得结了一层薄壳，裂成一道一道细缝。

多少人仰起头来看天，一天看多少次。
然而，天蓝得要命。
天的颜色把人的眼睛都映蓝了。
雨呀，你怎么还不下呀！
雨呀，雨呀！

望儿也抬头望天。望儿看看爸爸和妈妈，他看见他们的眼睛是蓝的。望儿的眼睛也是蓝的。他低头看地，他看见稻田里的泥面上有一道一道螺蛳爬过的痕迹。

望儿想了一个主意：求雨。

望儿昨天看见邻村的孩子求雨，他就想过：我们也求雨。

他把村里的孩子都叫在一起，找出一套小锣小鼓，就出发了。

一共十几个孩子，大的十来岁，最小的一个才六岁。这是一个枯瘦、褴褛、有些污脏的，然而却是神圣的队伍。

他们头上戴着柳条编成的帽圈，敲着不成节拍的、单调的小锣小鼓：咚咚锵、咚咚锵……他们走得很慢。走一段，敲锣的望儿把锣槌一举，他们就唱起来——

小小儿童哭哀哀，

撒下秧苗不得栽。

巴望老天下大雨，　　　狂风暴雨一起来。

他们戴着柳条圈，敲着小锣小鼓，歌唱着，走在昆明的街上。

过路的行人放慢了脚步，或者干脆停下来，看着这支幼小的、褴褛的队伍。他们的眼睛也是蓝的。

望儿的村子在白马庙的北边。他们从大西门，一直走过华山西路、金碧路，

又从城东的公路上走回来。

他们走得很累了，他们都还很小。就着泡辣子，
吃了两碗包谷饭，就都爬到床上睡了。
一睡就睡着了。

半夜里，望儿叫一个炸雷惊醒了。接着，
他听见屋瓦上噼噼啪啪的声音。

过了一会，他才意识过来：下雨了！
他大声喊起来：

"爸！妈！下雨了！"

他爸他妈都已经起来了，他们到外面去看雨去了。他们进屋来了。他们披着蓑衣，戴着斗笠。斗笠和蓑衣上滴着水。

　　"下雨了！"

　　"下雨了！"

　　妈妈把油灯点起来，一屋子都是灯光。灯光映在妈妈的眼睛里。妈妈的眼睛好黑，好亮。爸爸烧了一杆叶子烟，叶子烟的火光映在爸爸的脸上，也映在他的眼睛里。

第二天，插秧了！
全村的男女老少都出来了，到处都是人。

望儿相信，
这雨是他们求下来的。

朴素的愿望

第34届波隆纳国际儿童图画书插图展评选委员 知名画家 蔡皋

立春是雨水催来的，可雨在哪里？湘江干得见底，菜直接种到了河床上。小麦和油菜也是随时可种到河床上的东西么？我的案头上正放着两件起眼的东西，一是水仙，二是《求雨》。水仙正水气泱泱地开，《求雨》也是水气泱泱地翻，两样我都喜欢，我有渴望。

雨是可求的吗？

是的。《求雨》让我同书中的望儿一样相信，雨是求来的。

《求雨》的故事发生在很久以前昆明某个小村庄里，那时的天很蓝，人也懂得仰望，从他们的眼目中可以看到蓝色的天光。

那时候，人依赖土地，爱土地，将一切朴素的愿望种在土地里。种在地里的秧苗似乎懂得人的心愿，没有它们，人就会饿饭，所以得着水的秧苗会呵呵地长。可没有雨，那就会遭罪，生活会更苦，小孩子会更瘦，衣服会更褴褛，这些都是现在的小孩，特别是城市小孩根本不了解的。人们渴望风调雨顺，渴望雨。故事里田地干旱得栽不下秧，所以要求雨。求雨必须很真诚，而小孩子是最真诚最令人痛惜的。求雨的事就请小孩子来做，天应该是痛惜孩子的。于是，书中的望儿领着头戴柳条帽儿、手执小锣小鼓的队伍，唱着"小小儿童哭哀哀，撒下秧苗不得栽。巴望老天下大雨，乌风暴雨一起来。"的儿歌，走街串巷地求雨，他们衣裳褴褛，声音凄苦。

真诚首先打动的是大人们——乡下的人和城里的人。他们看着这支小小的队伍，听着他们哀哀的歌，他们的眼睛也看蓝了……

看着看着，我的眼睛也看蓝了，眼睛也潮潮的了，心想，天不下雨是不行的了。果然，天看着看着，听着听着，天的心看酸了，雨就噼噼啪啪地下了起来……

现在，人与土地越来越疏远，与人休戚相关的自然也变得越来越不自然。人开始反省自己的行为。因为自然的和世间神圣的事物与情感永远值得人敬重。我们的小孩子也从小就要学会敬重，学会节制，学会保护我们赖以生存的空间，保护大自然。懂得可以有所为，有所不为。我们也可以学着做一些书中的望儿们所做的类似求雨的事情，去呼唤我们渴望的真诚，因为我们的心田和眼下的土地是同样的干渴啊！

谢谢《求雨》的编辑者和出版者让我读到了汪曾祺先生和岑龙君文图交相辉映、笔墨酣畅、泱泱大气的图画书新篇章。

永存心中的爱 岑龙

　　欢乐和苦楚是与生俱来的，它们编织着每一个人的生活历程。孩子不仅仅需要来自梦幻的童话世界的温馨快乐，也应当了解和拥有来自现实生活的诸种情感。许多在大人们看似极平凡的事情，有时却能深深地触动孩子们幼小的心灵。

　　当我接受为汪曾祺先生的短篇小说《求雨》创作插图的任务时，即刻就被它的内容深深地吸引了。望儿们虔诚地苦苦求雨，当雨来临时，他们是那样的兴奋、满足。在现实中，他们是不可能真的感动了老天爷。而真正感动了的，是汪先生，是我。

　　于是，我先着手搜集了许多老昆明的影像文字资料作为背景参考，又记起我的父母四十年代曾在昆明生活和工作过，以前常听到他们对当时生活情景的叙说，我特地抽空访问了他们曾经居住过的昆明郊区农村，去了解老昆明的风土人情，画了许多速写，用来当作创作的素材。我选用了写实怀旧的绘画手法，这样才能尽量忠实于原著的纯朴文风。我力图将读者带回到汪先生小说里所描写的那个时代，让他们进入书中那些孩子们的朴实生活和纯真的精神世界。

　　近来，我录制了两岁女儿咿呀学唱的儿歌作为手机铃声。来电话的时候，她听到了自己的声音，然后我接通了电话。她知道她的歌声变成了电话铃声，惊讶之余，她的眼睛里闪烁出得意、自豪的光芒。因为她感觉到了，她成功地参与了大人的事情。看得出她很满足。我想，这与望儿们的满足同出一辙。

　　随着时间的流逝，过去、现在，以至将来，世界的变化越来越大，但是请坚信，真挚的爱和奉献的精神会在我们心中永存。

作|家|介|绍

汪曾祺（1920－1997），江苏高邮县人。我国著名小说家、散文家、戏剧家。师从沈从文等名家。

汪曾祺是跨越了几个时代的作家，他对中国文坛的影响，尤其对年轻一代作家的影响是巨大的。在上世纪80年代，他以其优美的文字和叙述唤起了年轻一代对母语的热爱。他在中国当代文坛上的贡献，在于他对"大文化""大话语""大叙事"的解构，在于他对个体生存的富有人情味的真境界的昭示和呼唤，在于他帮助人们发现了自己身边的"凡人小事"之美。汪曾祺写"凡人小事"的小品文深蕴着他独特的人生体验，但其效用并不只是自娱一己的性情，他强调自己的作品还应于世道人心有补，于社会人生有益，决不是要把个人与社会隔离开来，对立起来。

汪曾祺深感现代社会生活的喧嚣和紧张，向往宁静、闲适、恬淡的文风，追求心灵的愉悦、净化和升华。他把自己的散文定位于写凡人小事的小品，正是适应了中国读者文化心态和期待视野的调整。在小说散文化方面，开风气之先，其小说被视为诗化小说。

汪曾祺的文字在向人们发出这样的呼请：慢点走，欣赏你自己啊！

画|家|介|绍

岑龙，1957年出生于广州，西安美术学院硕士，中国美术家协会会员。自幼受人类学家父亲——岑家梧的影响，除对中国历史及少数民族生活深感兴趣外，也非常喜爱安徒生及林格伦等欧美的童话故事。目前除从事油画自由创作外，也热衷于绘本的创作。岑龙的油画作品在中国荣获多次奖项，而插图作品《卖炭翁》则入选中国第七届全国美展，《雷神》获日本野间插图银奖。2007年应邀参加由日本发起的日中韩三国祈愿和平绘本创作计划，为中方四人之一。

图书在版编目 (CIP) 数据

求雨／汪曾祺著；岑龙绘. ——济南：明天出版社，2009.11
(信谊原创图画书系列)
ISBN 978-7-5332-6226-6

I. 求… II. ①汪…②岑… III. 图画故事—中国—当代 IV. I287.8

中国版本图书馆CIP数据核字(2009)第197470号

PRAY FOR RAIN

Text © Wang Zeng Qi, 1983

Text © Wang Lang, 2009

Illustrations © Cen Long, 2009

Simplified Chinese edition published by arrangement with Hsinex International Corporation

All Rights Reserved.

本简体字版 © 2009 由（台北）上谊文化实业股份有限公司授权出版发行

求雨

文／汪曾祺　图／岑 龙

总策划／张杏如　责任编辑／刘 蕾　美术编辑／于 洁

特约编辑／张小莹 张 月　制作／南京信谊

出版人／刘海栖　出版发行／明天出版社　地址／山东省济南市胜利大街39号

网址／www.tomorrowpub.com　www.sdpress.com.cn

经销／各地新华书店　印刷／上海中华商务联合印刷有限公司

开本／264×230毫米　16开　印张／2.75

版次／2009年12月第1版　2009年12月第1次印刷

ISBN 978-7-5332-6226-6　定价／32.80元

山东省著作权合同登记号　图字: 15-2009-136号